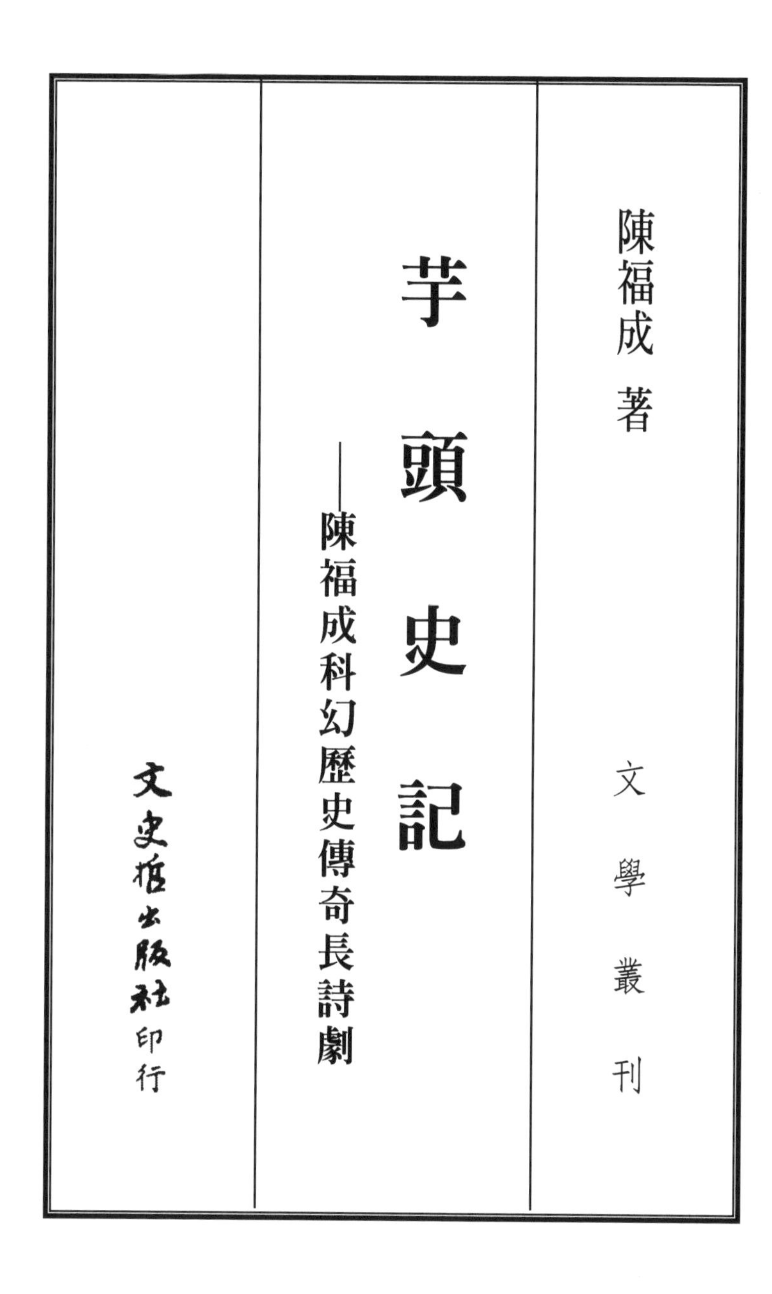

陳福成 著

文學叢刊

芋頭史記

——陳福成科幻歷史傳奇長詩劇

文史哲出版社印行

國家圖書館出版品預行編目資料

芋頭史記：陳福成科幻歷史傳奇長詩劇 /
陳福成著 -- 初版 -- 臺北市：文史哲
出版社, 民 110.08
頁； 公分--（文學叢刊；440）
ISBN 978-986-314-565-3（平裝）

863.51 110013853

文　學　叢　刊　440

芋　頭　史　記

陳福成科幻歷史傳奇長詩劇

著　　者：陳　　　福　　　成
出 版 者：文　史　哲　出　版　社
http:// www.lapen.com.tw
e-mail：lapen@ms74.hinet.net
登記證字號：行政院新聞局版臺業字五三三七號
發 行 人：彭　　　正　　　雄
發 行 所：文　史　哲　出　版　社
印 刷 者：文　史　哲　出　版　社
臺北市羅斯福路一段七十二巷四號
郵政劃撥帳號：一六一八〇一七五
電話886-2-23511028・傳真886-2-23965656

定價新臺幣三五〇元

二〇二一年（民一一〇）八月初版

ISBN 978-986-314-565-3　10440

序　芋頭史記：陳福成科幻歷史傳奇長詩劇

說芋頭
即非芋頭
是名芋頭
或叫老芋仔好了

我是神州大地上一顆芋頭
千百萬年不死之天命
深感自有天命的芋頭
死了千百回
肉身已死盡

心識從未死過
永恆不死的識覺
隨芋頭的業
從久遠流傳轉世而來
再漂向無盡大未來

千百萬年歲月流轉
我自覺
不生不滅，不垢不淨
不增不減
無老死，亦無老死盡
流轉千百萬年
仍為芋頭
仍是史官
為寫好史記

超越司馬遷

我決心修煉史官的筆力
以筆墨為劍、為刀、為槍
為文武之大業
以文字為真、為善、為美
為無尚之法力
穿透時空，進出兩岸
在五嶽聖山高來高去
在長江黃河游來游去
為宣揚龍族之天命
喚醒龍族實踐天命

收回地瓜島已刻不容緩
若西方妖獸掌控地瓜島
將危害龍族五百年

喚醒龍族儘早統一地瓜島
亦為芋頭此生之天命

神州大地上一顆芋頭　**陳福成**誌於
佛曆二五六四年　公元二〇二一年夏
地瓜島台北蟾蜍山

芋頭史記

──陳福成科幻歷史傳奇長詩劇

目 次

0、芋頭的前世，千百年流轉中

我在千百年流轉中
經無數次轉世
生生死死的
輪迴
從未死過
隱隱約約曾經有過的角色
商人、儒生、太監、奴隸、小姐、史官……
最多的是芋頭
包含這一世淪落地瓜島
也成為一個老芋頭

地瓜島的土話叫老芋仔
有個島主叫蔡氏妖女
叫我們老芋仔米蟲
米蟲就米蟲
可以樂得逍遙自在
這是後話了

我千百年的前世
可以回溯萬年以上
但那太古老
證據不足
影像不清
說出來大家以為是科幻
仍至神話
有幾分證據說幾分話

是芋頭的好習慣
比較能說清楚講明白
大約就是幾千年前的商紂王時代

紂王當政時
我是一個奴隸
紂王對奴隸算仁慈
不像是暴君
但他做了很多暴君的事
身為奴隸
每天幹活
沒有任何話語權
這就是奴隸
不論哪個世界
奴隸都是這樣

應屬正常
所以這一世就當個安份的奴隸
偶爾遠觀紂王和妲己
在摘星樓賞月
想像自己也有一個女奴
可以抱在懷裡
奴隸也會用眼睛思想
在心中刻下記憶

而記憶最深刻
最驚悚
是讓我從頭到尾看一個美女的來去
「妲己」，就是坦已
她是一隻修煉千年的狐狸精
千真萬確

我親眼所見
她夥同她的一群狐狸精姊妹
接近紂王
唯一的目的—或說她的使命吧
就是要搞垮紂王政權
終結商朝

於是，紂王為取悅妲己
滿足妲己的慾望
以酒為池
懸肉為林
使男女相逐其間
為長夜之飲
更甚者
剖孕婦而觀其化

殺比干而觀其心
皆使妲己高興
凡此，歷史皆有記載

讓我驚悚的是
歷史所沒有記載的
身為紂王的奴隸
我常有機會在不遠處
看到妲己
她的身形、容貌、眼神
與數千年後
我流落地瓜島
成為地瓜島上的「老芋仔」
領導地瓜島的
一位蔡氏妖女

幾乎一模一樣
到底為什麼？
蔡氏妖女難道就是妲己轉世
就後話再說

隨業流轉
在無盡的時空中
又去了哪裡
凡夫難以全知
時而渾渾噩噩
又時而清醒
摘一片樹葉
當成波斯飛氈
騰雲駕霧
僅記得神識常在大江大河間

飄流
取一葦過江
逃離戰亂
和平與戰爭交互在
江河間展演
而山海江河一再變色
變色
又變色
我來到一個朝代
見證一個偉大朝代的快速興亡
秦朝
就是秦朝
史書也是這麼寫的
當是時

大秦已初步完成統一
我是朝廷裡一介小小的史官
負責記錄每日所見
秦朝雖短
確是偉大的一朝
始皇帝的大一統制成為
以後幾千年中國之常規
始皇帝的豐功偉業就不說了

要說的是
我又看到一個「奇景」
趙高，一個極邪惡的宦官
用指豬為犬
去除不同意見者
把斬下的人頭

用來墊高自己的地位
用假詔殺害扶蘇和蒙田
二世胡亥也是他殺死的
趙高為一己私欲
把大秦推向滅亡
而趙高的長相、性格
竟和兩千多年後
我流落地瓜島所見
大漢奸李登輝
一模一樣
真的就是趙高原版轉世而來
這真是宇宙間稀有的事
或萬有引力的例外
不可解！不思議！
這又為什麼？

是地瓜島民造了千年惡業嗎？
不得而知
老芋仔我生性好奇
以後一定要找出真相

又有一世
我轉世到南宋高宗在朝裡
怎麼也當一名史官
這時的史官很清閒
因為宋高宗和秦檜等官爺
不希望史官太勤勞
天天放假領薪水就好
太閒了
捉兩隻螞蟻
觀賞牠們「決戰閏八月」

這一世當史官混得太兇了！
以致於朝廷發生什麼事
全不知道
皇帝說這樣最好
春節獎金多發

但所有的事都記不清楚
只有一事清楚記得
秦檜、王氏、萬俟卨和張俊
四大奸惡
媒害忠良岳飛
我意外又發現
秦檜等四人長相和邪惡性格
竟與很久以後
我轉世又流落地瓜島

曾有一島主叫陳水扁
與其左右幫兇等
也一模一樣
這又是宇宙間稀有的事
或萬有引力的例外嗎？
太奇怪了

有一回我碰到神算子劉伯溫
他說出其中部分因果
原來秦檜和陳水扁
中間尚有一節
秦檜死後
又轉世為清乾隆的寵臣和珅
大漢奸轉世為大貪官
和坤被抄家處死

先後抄出白銀八億兩
當時大清國庫年收入才七千萬兩
和坤貪的錢多於大清國庫十年總收入
多可怕的貪官

但和坤死後仍大大不甘
不甘於
貪的錢不夠多
終於不久後
轉世到地瓜島陳水扁這個角色
憑他取悦主人的功力
很快佔有高位
要貪多少錢就有多少錢
光是存在「海角」就有七億
及房產、地產、寶物等

不知多少億

聞到和坤和陳水扁的錢香
時空都暫停
為把那些稀有的例外
收入我的詩集
讓壞人遺臭萬年
億年後
那些貪婪的浪潮
仍在空中泛出黑色的漣漪
我不必記著所有事
事情留在歷史的腦袋
比留在自己的腦袋可以更久

生生死死

在一個圓中轉著
喜歡月兒
把月兒帶回家
擁她入眠
或找一個阿花
談情說愛
輪迴大道有時很無聊
你不知道要轉世到哪裡
史官不能天天搞春秋大業
春秋大業很悶
搞久了
會悶死人
悶死在轉世的半途中
成為中陰者
那可不行
所以須要有些快樂的活動

談情說愛最能解悶

前世很長很多
像是雨季
為了前行到今世
不言、不語
專心走路
遠處煙霧迷濛
應該就是渡向今世的界口
無人相送
千山獨行
到了界口
我自然也自在隨著一股力量
縱身一跳
連降落傘都不要
我已然到了今世

1、一個芋頭誕生後

一個芋頭誕生了
歷史不會記載
古今中外的歷史
有誰記載了芋頭的誕生
還有芋頭的生存奮鬥史
歷史記載有權力的男人
極善或極惡的女人
此外沒了
所以芋頭得自己寫歷史
小小芋頭的春秋大業

這一切
都從誕生開始

一出生就聞到一種味道
味道在母親身上
火藥味
佈滿母親以及非母親
大家都驚怖於外面
槍林彈雨
超過了火藥味的濃度
寂靜的小巷
也變得很不安全
張開小手
向外探測
所碰觸到

只是一片兵荒馬亂的大地
跟著大人逃難
大家拼命跑
槍林彈雨在後面追
子彈不長眼睛
雲霧也奔流
速度比人快
終於到一個暫時安全的地方
可以開始做夢

年紀太小不能做任何事
但可做夢
我夢到從高高在上的前世
縱身一躍

有飛的感覺
過程經過月亮的門口
聽到她溫柔的聲音
為我祝福
投胎轉世的心情
說不上喜或憂
就順著自然法則或自己的業路
有路可走就是喜事
四週的風呼呼叫
憂心速度太快
撞破了地球

幸好，縱身一躍
轉世成功
一夢醒來

又聞到很濃的火藥味
以及越來越近的槍林彈雨聲
真是煩人耶
能不醒來多好
就不會碰到這些
這到底是什麼世界？
太亂了
這又是什麼地方？
太黑了
難道這世界沒人維持秩序嗎？
難道這世界沒一點希望嗎？
我要快長大
改變這一切

一個芋頭誕生了

誕生之初
他還不知道自己是芋頭
甚至不知道自己是誰
但他終會知道
很快知道自己是誰
而最後
最後不得已成為芋頭
地瓜島土話叫老芋仔
那是很久以後的事
芋頭老了的事

小芋頭長得真快
誕生才不久
就好像懂事了
他終於也弄清楚

他誕生的地方是在一個叫地球的世界
神州大地上山之東的小農家
神州乃龍族的故鄉
龍族列祖列宗之祖居地
原來小芋頭是龍族人
而那緊追不放的槍林彈雨
正是東洋小倭鬼子
入侵神州
神州龍族正奮起抵抗

東洋小倭鬼子
為什麼要入侵我們神州大地
到處屠殺龍族子民
隨著小芋頭慢慢長大
終於了解所有的原因

原來
就在數百年前
大約是龍族明朝萬歷皇帝年間
東洋小倭鬼子列島上
出現兩個鬼王
織田信長和豐臣秀吉
兩個邪惡的野心家
西望我神州大陸
發現這是一塊天上眾神所賜
最佳居住寶地
地大物博、山水豐美
神州的月亮最美
神州的星星最亮
更好的是

有極深遠的戰略縱深
可以確保民族興盛
子孫萬代永恆不衰

兩個鬼王感嘆
生在東洋小島
難伸大志
再者列島太小又缺資源
更常有巨大天災
隨時會面臨島沈國亡命運
因此兩個鬼王策訂一個
「大和民族之天命」
謂必須消滅龍族
佔領神州山河
建立「大倭帝國」

進而統治地球

於是兩個東洋小倭鬼子之鬼王
先後發動所謂
「第一次亡華之戰」
第一步以二十萬大軍佔領朝鮮半島
朝鮮是龍族屬國
也是龍族之戰略前緣
明萬歷皇帝只好派出四十萬大軍
抗倭援朝
挽救朝鮮國於危亡
經七年戰爭
終於消滅了朝鮮半島上所有倭軍
這第一次亡華之戰
倭軍慘敗

更慘的是朝鮮子民
倭軍每佔一城就進行大屠殺
男人全殺了
女人當慰安婦
朝鮮史書記載：險些亡種

小倭鬼子不亡華絕不甘心
牠們教育倭子倭孫
誓必亡華
牠們經過很長久的休養生息
從各方面建設備戰
時間腳步走得太快
快似無影腳
不知不覺走到滿清末年
這是龍族迷失方向的年代

表面上徒有龍形
實則病如死豬
神州山河淪入次殖民地
龍族地位狗都不如
自己不爭氣
神州諸神亦無能為力
眼看龍族墮落
眾神決定調整十二生肖名次為：
鼠牛虎兔蛇馬羊猴雞狗龍豬

小倭鬼子再次抓住
亡華之機會
啓動甲午之戰
果然龍族慘敗
割讓了地瓜島
小倭鬼子在牠們史書上寫著

「第二次亡華之戰」
未能全面消滅龍族
佔領神州
只能先見好就收
待機再戰

只拿下一個地瓜島
倭鬼極不甘心
牠們夜夜磨刀霍霍
準備再啓動亡華之戰
而斯時
龍族開始有先知先覺者
如龍頭大哥孫中山
起而推翻滿清
挽救龍族於危亡

許多革命志士
如蔣介石等起而進行統一之戰
這下小倭鬼子可緊張了
龍族完成統一
積極各方面建設
絕不能讓龍族強大起來
必須儘早啓動亡華之戰

龍族在蔣介石領導之下
經八年抗戰
或稱十四年抗戰
終於打敗倭鬼
小倭鬼子無條件投降
其第三次亡華美夢
泡湯了

這些事情
小芋頭都慢慢知道了
小小心靈裡就立下一個
偉大的志向
要從軍報國
小芋頭以「幼年兵」的身份
走向軍營
要消滅倭鬼（其實只在後方做訓練）
此時已是抗戰末期
小芋頭雖未到前線殺倭鬼
也深感光榮
到了可以正式從軍的年紀
小芋頭決定去讀軍校
成為標準的軍人

就在小倭鬼子無條件投降之前夜
小芋頭軍校畢業了
心頭忖思著
敵人被打跑了
以後就不用打仗了
天下太平
老百姓也好過日子
仍需要軍人守衛國家領土
有強大的軍隊
外敵才不敢亂打主意
這位年輕的軍官
正思索著太平盛世的到來
自己也要好好把握機會
創造屬於自己的一片天

2、兄弟鬩牆，我們把自己打垮了

兄弟鬩牆

我們家大業大
傳承了幾千年
光是土地就有千萬平方公里
還有很多被人家佔用
應收回而尚未收回
幾千年歷史文明文化
更有數不盡的寶藏

可惜傳到這一代
兩兄弟為爭家產殺到眼紅
不光爭家產
更爭話語權、領導權
殺到血流成河
兩兄弟難道不能讓一讓
非得要動刀動槍嗎？

鐵定是有解不開的結
兄弟不同姓
一個姓蔣
一個姓毛
其中有一個是哪裡抱來的？
或誰家寄養的？
或……

兩兄弟見面從不說真話
心中都有鬼
兩張臉永遠帶著面具
就怕對方識破心思
明算計
暗算計
日夜都在算計

閱牆大戲一幕幕
反正死的是眾生
所謂正統和正義都是面具
兄弟都在賣面具嗎？
面具大戲不落幕
講演台詞都是真理

風一吹就散

蔣哥哥說
你丟棄面具後
就不圍剿你
毛弟弟說
你丟棄面具後
就歸順你
這果然是一計雙贏之策

於是，兄弟倆
史無前例的
拿出真心
做了丟棄面具的假動作
並都通知左右

乘其卸下心防
一舉拿下

很多面具都被一舉拿下
雙方暗自盤點戰果
死人不多
血也沒有流滿長江黃河
只要面具在
對手遲早要垮台
大家高舉面具真理

面具高高掛
兄弟心靈早已崩垮
山河大地被鮮血侵蝕
只有百姓不用面具

為看到一絲光明
兄弟鬩牆
讓這片大地出現人造永夜

中華子民絕不相信永夜
所有的人有一種念頭
永夜是不存在的
光明一定會到來
再現美麗的山河
只要兄弟一心團結
家業興盛、國運昌隆

無盡的戰場

戰場沒有邊界

烽火年年
夜夜都不是平安夜
日日都是末日

我們只顧著打仗
連吃飯喝水的時間都沒有
不能喝水
萬一在你喝水時
敵人跑了
也不能吃飯
萬一在你吃飯時
敵人一槍打死你
更不能睡覺
萬一在你睡覺時
敵人進了碉堡

可就慘了

除非雙方說好
吃飯喝水睡覺時
不打仗
但就算都說好
也不能完全相信
因為雙方都帶著面具
一不小心
必落得全軍陣亡
所以，我們只好
不吃飯
不喝水
不睡覺
及其他所有的不

全心全力全日全職的打仗

敵人不是情人
不能有一絲一毫愛心
戰場就是戰場
火力定生死
戰力比高下
以必死之心打仗
才是活路
這可是戰場守則

攤開戰略地圖
好好研究敵我天地水
主戰場在哪裡？
邊界在哪裡？

前方後方在哪裡？
敵之主力又在哪裡？
敵之援軍在哪裡？
竟全都找不到
似乎，好像
到處都是
也可能到處都不是

各級指揮官好好掌控部隊
了解中前左右後
自己的幹部
誰能打、誰不能打
誰可靠、誰不可靠
各級政戰輔導員
要團結軍心

要抓出潛伏內部的奸細

碉堡林立

有形的、無形的都有

還有各種顏色

敵前敵後都有

山頭更多

有同盟與非同盟的

有獨立的或不獨立的

有手上、不在手上的

有大有小

有突然冒出

山河大地到處是山頭

而所有的山頭都在戰場內

戰場之外

無山頭

打仗靠情報
情報靠臥底
你臥我的底
我臥你的底
臥底要小心
萬一臥死
大家都不承認
這是講好的
哪裡可以得到最有價值的情報
好情報藏在燈紅酒色裡
在美女的懷裡
在她閨房的枕頭中
在人性的弱點

或優點中
戰場已經無邊無際
情報戰場更大
大的超乎想像的
可怕

戰場無限大
需要的人才無限多
軍人只是一部分
我不過只是一顆很小
很小的釘子
其他人才更多
科學家、經濟家、工程師……
乃至文學家、歌唱家、藝術家……
都在戰場之內

或之外參戰
這就是現代戰爭
無盡的戰場

那夜，我們打了敗仗

那夜，我們打了敗仗
事後得知
對方用了一計
「圍點打援」
害我軍慘敗
我本以為必死
已經兩天沒吃飯
胃早已餓昏了

突然間
槍聲大作驚醒了胃
胃有氣無力的叫著
能不能暫停休息十分鐘？
吃飽飯再打仗
四週都沒有反應
好像天堂現前

槍聲好像真的暫停
四週出奇的靜
只有北風過來
叫醒大家的夢
我們等待
等待一支忠誠的援軍
快到午夜仍未到

長官說援軍再不到
我們就完了
我清楚的記得
等到月亮高掛天空時
我們真的等到
一陣陣忠誠的北風

槍聲之後
接著是砲聲隆隆
陣地裡傳出嚴重傷亡
原本白日的青山野花
全都凋零
烏鴉拼命叫不停
預告大風雨將來臨
一種氣氛在陣地傳播

我們反擊的槍聲
越來越憔悴

陣地裡
到處血肉斷肢
血佈滿地
星星月亮無言
我無語
只有北風在呼叫援軍
不識相的烏鴉
唱起輓歌
我清點殘餘兵力
準備最後決戰
忽聞上級下達命令
援軍受困不能到

我軍於十五分鐘內向南方谷地突圍
這夜，我們打了敗仗

葬禮

雙方又大戰了兩天兩夜
死傷無數
黃昏時上級傳來命令
還有傷兵儘快後送
死者就地掩埋
午夜零時部隊轉進到……
各部隊加快準備

兄弟！
你安息吧！

只能用一塊木板寫上你的大名
沒有任何排場
鮮花也沒有
也沒有茶酒果
我們都沒有哭出聲
萬一被敵人聽到
打上來
讓你再死一次
我們也完了
誰來負責打仗
深深的感傷
也沒有好好寫一篇悼詞
如果我等能活著出去
一定向你的親朋好友
傳述你的勇敢

你是可敬的士兵

應該也要有個和尚
為你誦念一段《心經》或什麼經吧！
但此時此刻
不遠處還有槍砲聲
哪裡有和尚
幸好我記得幾句
就我代表為你誦念：
觀自在菩薩
行深般若波羅蜜多時
照見五蘊皆空
度一切苦厄
……
能除一切苦

真實不虛

兄弟！
再過幾小時部隊就要轉進
不能相送
人世間的苦難由我們承擔
你已完成人生之神聖使命
我真相信
你已度過一切苦厄
一切苦盡除
真實不虛
不能相送
願一路好走

遺言，想念爸爸媽媽！

在陣地裡
不論戰事多麼慘烈
偶有停頓時
我們把握機會
仰頭看看天空的太陽或明月
每日都有死傷
大家都沒有把握
誰能看到明天的太陽
甚至今晚的月亮也不敢期待

大家都寫了遺書
簡單數言放在自己的口袋
有的寫了兩封

一封放自己身上
另一封交給我
士兵相信我，認為我福大命大
定可大難不死
所以這兩週以來
我身上已有六封遺書

戰事越來越不樂觀
風聲雨聲都不妙
傳說：三大戰役都慘敗
乃至被全殲
我不敢聽
不敢言、不敢傳
我不敢想像自己
還能不能看到明天的太陽

遺書當然也要寫好

想念爸爸媽媽
千言萬語也寫不完無盡的想念
至少有一年未見二老

下筆不敢太重
就怕二老看了
呼吸不過來
一口氣滾在喉結
戰場上敵我之間還能維持基本禮貌
爸媽可以放心
自己人不打自己人
來年春天一定可以回家

不管自己走到哪裡
總牽掛著父母
自從離家
好像天空都改了顏色
從未有藍天
天都灰灰的
就好像近年的幾場戰事
打或不打、該不該打
都呈現灰濛濛
一切都在不清不楚中
只期待快快結束

爸媽在故鄉
可能也知道我軍戰事失利的消息
不過爸媽大可放心

至少孩兒還活著
何況，這場戰事不論輸贏
都是自己人
而且雙方的高層領導們
現在正和談中
自己人有事好商量
一定可以談出一個
大家都可以接受的好結果
不可能非要打到你死我活
我們很快可以合家團圓
合家歡樂

是我們垮了，兵敗如山倒！

不得不承認

我們垮了
被自己人打垮
兵敗如山倒

一群垂死的兵
逃離死亡
沒日沒夜的逃向另一個死亡陣地
或就死在半路上
連葬禮也沒有
也無人掩埋

過一座山、過一條河
走不盡廣袤無垠的神州大地
逃的腳步
越來越緩慢

但必須逃—脫離險境
是很堅定的
暮色降臨
得到片刻安全與休息
陰冷的風驅趕了悲傷
月亮升起
也升高了感傷

我們一直撤退
如潮水一般向南湧流
不能說兵敗
也不能說山倒
因為還沒有想到絕望
趕路要緊
活著的人沒有時間想絕望的事

已死的兵
來不及說出絕望
就走了

現在的我在想什麼？
給爸媽再留一封遺書嗎？
說自己人不打自己人
春天就回家了？
我只想
化作一隻鳥
向北飛去
在自家的屋頂
做個巢
經常探出頭
看爸爸媽媽

雖然，二老不知那鳥的來歷
我也心滿意足

短暫休息後
上級傳來重大命令
午夜開始
大部隊向南轉進
由我們一支可靠的援軍負責斷後
黎明前必須完成渡河
並在南岸完成集結
待機再戰……

3、大轉進、大逃難，落腳地瓜島

向天涯大轉進

我們這一隊成員很複雜
主要是軍人
大兵、小兵、傷兵
還有眷屬、老人、小孩、兒童、學生
孕婦、嬰兒
可能還潛藏著什麼人物
連續五天
我們奉命轉進、再轉進

如潮水一般大轉進
風雲也都向南急行軍
不能說大逃難
軍人操典沒有逃難
只有轉進
我們不分日夜向天涯大轉進
要趕上接應的船隻

集結點在遠方天涯
那灰濛濛天空的天邊
土地的邊緣就是壯麗的大海港
那遙遠的地方
定是比家鄉還遠吧
誰能告訴我
天涯不遠

長官也都不知道

想像自己長出風的翅膀
或有一匹赤兔馬
就不須轉進
現在拖著一大隊人馬
山河嘆息
因為樂觀不起來
走走停停
也許大家都過不了明天

只能用一顆真心
祈求老天慈悲
得到的回應
是晚上又有烏鴉鬼叫

叫走了人的魂
四週傳來腐朽的氣息
莫非傳說中
牠是精通死亡的先知
果然我們這一大隊
當晚就有三人先走了
向地獄轉進

大轉進，不分日夜
有時大白天急行軍
偶有夜間運動
全視上級掌握狀況而定
某日我從夢中醒來
發現天空是黑的
天為什麼黑

渾濁的氣息裡
滿是恐慌的臉孔
驚疑當下和明天
難不成
天也詛咒我們

南向大轉進
不向北、不向東西
只能向南走
沿途，彷彿一切都病
生物、房屋、道路……
所見一切都奄奄一息
期待南方，更南方
真的有如春的希望
那一點希望

是小小一盞明燈
指引我們向南走的動力

身為軍官
就把這險途當成心靈飄泊
當成冰與火的修煉
很多綿綿的思念
或雜念
都拋開
眼中仍有淚
偶爾回眸北方
似有親切的背影
朦朧間
越過重重山巒
背影近了

我卻不忍再看

月懸掛在心頭

腳步聲在

寧靜的夜響成兒時的童謠

沿途風景凋殘

經過一座死寂的鄉村

又聽烏鴉叫

這該死的烏鴉

我們已死過多少次了

還怕死嗎

死亡是什麼？

我們已有豐富的經驗

牠死過嗎

我們早已無怖於死亡
故能一路向南
大轉進
天色微明時
先頭部隊有人歡呼
看啊！遠處有燈光
那裡就是港口
大船正等著我們

海上漂流的日子

港口
像一座其大無外
兵荒馬亂的市集
彷彿轉個不停的走馬燈

偶爾飄來一陣
大海的腐臭味
現在是何年何月何日
一天又一天的等
時間已經不存在
有一天的黃昏終於上了一艘大船

很大的船
從未見過的大
但龐大的人群比船更大
這是一艘什麼船？
比較合適的稱謂
難民船
在我們分配的空間裡
除了軍人（快要不能識別了）

老人、婦人、小孩、兒童……
大包小包
人人心裡有數
就是逃難啦！

亂是亂，還是有管理者
上級三令五申說
船上嚴禁點、生火
入夜很晚了
感覺船已啓動
真的全船一片漆黑
我們從黑暗駛向黑暗
星月都遵守規定
不向人間提供照明
厚厚的雲層配合軍事戰術需要

讓船隻在海上隱形

風突然發瘋
一波波大浪打過來
成為另一種槍林彈雨
要航向何處？
上級說這是機密
上級又去打探上級
有了答案：基隆港
神州大地東南外海有一地瓜島
島之北有一基隆港

一天一夜的航行
船越走越慢
海象不佳

船上滿是惡臭腐酸
兇險的航程
老舊的船飽受蹂躪
被大海蹂躪
大家開始擔心
人未死船先死
那就真的大家一起死

第三天的白天
船仍躺在大海賴著不走
他太累了
許多零件需要休息
船上的人也累
乾糧配量越來越少
苦難如影隨形

饑饉寫在臉上
生與死同舟

不遠處的角落
聽到有人誦念《金剛經》
另一角落
有人誦念《聖母經》
這是有人死了
哪裡不死人
天天都有死人
大家相互安慰
苦難結束
得以往生（或永生）
船又啓航

走得像一個老人家
全船的人
都可以聽他的氣喘
他很累了
他病得不輕
為了把這一船人送到安全的陸地
他對抗著每一道巨浪
不妥脅、不退卻
人和船都在天堂與地獄之間
由命運做隨機選擇

午夜的時候
突然有人醒來
看到遠方有燈塔
有群聚的燈光

情不自禁叫出聲
到了！到了！
基隆港到了！
所有的人都驚醒
驚訝於
命運突然對我們多麼慈悲
美好的新生有希望了

一個沈船事件

（我們上岸的第三天，傳來一個可怕的消息，太平輪沈沒
了，一千多人葬身大海。那艘船晚我們一天啟航，沈痛！）

他們化做一條條魚
在滾燙的海水

掙扎

在黑暗中掙扎

沒有反抗的餘力

死神盯著每一隻魚

像貪婪的貓

不斷的出手

很快，一隻隻不再掙扎了

一動不動

仰天不長嘯

只睜著眼睛

或俯視

看暗黑的深海

是否藏著命運的秘密

把一切都交給大海

金銀財寶也全部交出來
任誰都不能私藏
身上減輕重量
化做一條白鯨
悠游在五大洋間
與大海同心
和天地同在

愛恨情仇也交給大海
這是誰說的
已經沒有東西可交了
就是命一條
拿去吧
反正是不掙了
再怎麼掙

也掙不過偉大的海
掙不過很多的為什麼
為什麼？
為什麼船要沈？
百年、千年
仍是無解的習題

遠離故鄉
又到不了他鄉
這是誰的黑手在操控
陰陽兩界都有過失
誰要負責？
誰能查個清楚
給個交待
兩界都推說：跟我無關

想必這是宇宙演化的常態
就當成萬有引力的例外吧

大家都死了
我聽詩人里爾克說
「死亡是生命的成熟」
又聽詩人羅門說
「生命最大的迴聲
是碰上死亡才響的」
現在大家真的成熟了
站在死亡之上
看著自己
清楚明白的看清了生命的本質
那些疑惑
那些為什麼

誰負責與誰不負責
就全都釋懷了
如一場清夢

芋頭失眠在地瓜島

這是什麼鬼地方
明天，再明天
將如何？
芋頭一顆心從此
被掛了起來
永遠掛著
要掛到何年何月何日
再回故鄉

失眠了
失眠在歷史使命中
失眠在美麗的口號裡
在夢境
在時間的流與不流間
海浪沖激萬年
日月仍照地瓜島
只有地瓜花無常
無常與常同舟

任務太多，失眠
太寂寞，失眠
想爸媽，失眠
這世界太黑太亮太亂
都睡不著

有時呆坐著，抽一支菸
晚上太悶，喝一杯酒
有女人
要或不要
讓芋頭睡不著
一夜間
成了老芋頭

很多年過去了
屋裡仍只有菸味和酒味
沒有女人味
偉大的使命
葬送很多人的老命
依然一場空
難道是騙局

被騙了一輩子
怎睡得著
這會讓人也失眠一輩子

失眠是一把手槍
沒有機會用於敵人
有很多機會用在自己
醒的時候
對準自己的心靈，呼呼
警示自己，小心走路

失眠時頭昏昏
耳朵最清醒
有聲音一閃而過
是故鄉老家的小犬在叫我

我貼風傾聽
確是小犬喊我名字
空蕩蕩的村莊
是否恢復了生機
家鄉父老們親切的笑容
在我心上浮現
睡著的時候
也是

4、地瓜島的復興大業

地瓜島的復活

地瓜島本來是死氣沈沈的
現在一聲令下
快速復活
復活速度之快
快過耶穌復活
超越神話
復活之後

所有的人都激動起來
熱血沸騰
我們大家唱一樣的歌
說一樣的話
做一樣的事
吃一樣的飯
為完成屬於我們大家
共同的使命

島之天空與大地
所有的鳥
都是右派
左派的鳥都關起來
或槍斃
天空只有一種顏色

永遠是藍的
花可以有各種顏色
就是不准有紅色

為什麼要這麼嚴格規定
這樣才能統一力量
集中意志
使千萬人如一人
千萬心凝聚成一心
加速完成
神聖的使命

有偉大的領導
有崇高思想信仰的指引
地瓜島快速復活

成一尾活龍
擁有一支雄壯威武的戰爭機器
日夜操練
保持堅實戰力
隨時準備出征
人人都想打第一仗立第一功
芋頭當然也不例外

芋頭拿出勇氣和決心
決心不走別的路
就走這條路
同志們
一起幹活
前進，一起前進
休息，一起休息

在太陽下
一起流汗

接受最嚴格的訓練
合理的是訓練
不合理的是磨練
我們頂天的活躍
證明地瓜島的復活
不是騙人的
也不是嘴巴說說
用一個偉大的名詞形容
我們幹的活
叫做「革命」

革命

是要命的
革命不是吃飯喝酒
我們都是不怕死的革命者
我們日夜都在
荒涼的地瓜島
過著革命生活
因為我們的革命精神
地瓜島不再荒涼
不再死氣沈沈
地瓜島復活了
全面復活

地瓜島的復興大業

復興大業

要有偉大的戰略指導
突顯目標與時間管理
最高領導
頒下戰略指導
「一年準備、兩年反攻
三年成功」

所有的人都敬佩最高領導
如此困難之大業
竟能設計出這麼
簡單、易行、明確之戰略指導
有如一首三行小詩
小詩三行
內涵一個無窮的宇宙
我們早晚誦念這首小詩

比念《心經》更用心
戰略指導不容忽視

戰略指導
是天上最明亮的一顆星星
成為大夢的北極
照亮你的心
你可以每晚看星星
祈求星星
以神力助我完成復興大業

我是一個有使命感的人
千百年來
經千百次輪迴轉世
從不忘使命

我深入研究地瓜島的復興大業
有如捕捉
一首小詩的靈感
靈感如一顆流星
閃耀、壯烈
意象鮮明
因而吸引眾生的目光

為完成復興大業
全島的人競競業業
磨刀的磨刀
磨劍的磨劍
流的汗珠子足以灌溉全島地瓜
磨好的刀劍
掛在空中

風雨又把刀劍吹銹
再取下刀劍
磨亮，又銹
再磨
磨刀劍的人
很多病了、老了、死了！

終究都只是一場夢

「一年準備、兩年反攻
三年成功」
進行了好幾輪
無數的演習
三年又三年
不知過了多少個三年

最高領導死了
又有一個最高領導
為延續地瓜島的復興大業
指示全體同志
夢想絕對是正確的
永不破滅

一個真實的夢
存在我們心中
如幻之美
凝望就能滿足
不能說虛空不偉大
可以容納無數星球
只要夢不破滅
就偉大如虛空

超越復興大業之偉大

多年後，沒死的人
都成為造夢巨人
我們的專長就是造夢
積累更多造夢經驗
芋頭成了一部造夢機器
説機器不好聽
夢想家
合乎名詞的內涵

造夢太多
島上人人只會造夢
海天活在夢裡
漸漸的問題來了

大家開始不關心復興大業的夢
夢淪落至邊陲
人心荒蕪
英雄都是破銅爛鐵
信仰是鬼扯
復興大業成了傳說中的神話
學者一再考證
推翻神話説
並確認
那是一場不成熟的夢

終究是一場夢
夢就夢
凡事有利弊
不是老早有人講過相對論

夢一樣可以完成很多事
可以滿足需要
夢中情人最美
有夢中返鄉
在夢中沈醉
一夜解脫
如夢如幻
我漸漸的發現
人生最快樂的時候
就是織夢

我更發現織夢的厲害
構築夢的王國
沒有誰會來征討
隨時可以宣佈獨立

任何強權不會干涉
你宣佈加入聯合國
沒有任何國反對
你宣佈美帝或英帝滾蛋
成為五常之一
誰敢言不
典章制度都自己設計
總統當然就是我自己
任期是無限的
在我的國
沒有漢奸
漢奸都死光了
民意支持永遠都是百分百
這一切都在夢中完成

且是永久性
甚至永恆性
因為夢無色無味
無形無質
無法無天
無所不能
無懼一切
可穿梭三界多度空間
這便是我的夢
我的夢厲害吧

因為夢有這麼多的好處
幾乎很少的壞處
我不忍獨享
也由於我老芋頭退休後

閒著也是閒著
便開一家「織夢補習班」
額外賺點小錢花花
我告訴學生
起來織夢或造夢吧
夢使人快樂和偉大
別在那苦幹實幹了
苦幹實幹撤職查辦啊
何必為難自己？

於是，我的補習班
生意好到不行
這是做夢也想不到的事
以前最高領導為什麼給大家織個大夢
現在我全懂了

5、地瓜島的沈淪

地瓜島沈淪之因果

芋頭的神識
在三界流傳轉世
有一件連芋頭也難解之事
無論如何轉世
總離不開神州大地
時而核心
偶在邊陲
如這一世最後竟成為

老死地瓜島的老芋仔
凡夫不能全知
僅知凡事因果便好

芋頭曾在前述
夏桀、商紂、妲己、趙高、秦檜……
和坤……等
龍族史上最邪惡之巨奸
最貪腐之佞臣，以及
大漢奸、小漢奸等
竟大約在同一世代
投胎轉世在地瓜島
那蔡氏妖女與妲己
在面容、性格、陰毒、私欲、貪婪……
多麼的相似

牠們為何同時投胎轉世同一地方
不到別處？
經長久思索
終於悟了，有答案了
那是因果
因果招感而來

《光明童子經》說：
一切眾生所作業
縱經百劫亦不亡
因緣和合於一時
果報隨緣自當受

《大寶積經》亦說：
假使經百劫

所作業不亡
因緣會遇時
果報還自受

原來那些大奸巨惡
是被地瓜島之邪靈招感而來
「邪靈」何在？
小倭鬼子殖民地瓜島時
在地瓜島進行大屠殺
等牠們無條件投降時
在地瓜島留下十餘萬邪惡之倭種
準備未來再殖民之用
經數十年潛伏繁殖
整個地瓜島
幾乎成為惡靈島

惡靈島需要更多惡靈
那些大奸巨惡乃被招感而來

地瓜島種了太多惡因
也會自收惡果
實在是共業
《眾許摩訶帝經》曰：
眾生之所作
善惡經百劫
因業不可壞
果報終自得

所以地瓜島的沈淪
是有可怕的因果業力所造成
那許多可怕的果

隨後都一一示現
不可逆
無可挽回
達摩大師說出了三界流轉之真理：
欲知前世因
今生受者是
欲知未來果
今生作者是

地瓜島的沈淪，惡果之一：胎毒

胎毒從何而來
為何在地瓜島大量繁殖
成為毒害全島的病毒
這種病毒之可怕

會經過空氣傳播
還會遺傳
追其來源
其一是小倭鬼子留下邪惡倭種繁殖而來
其二是西方妖獸不斷有養分供給
使地瓜島之胎毒得以壯大
成為一股宇宙間
最黑暗、邪惡的勢力
胎毒乃世間五毒之首
劇毒無比
中毒者
無藥可救
除非以戰火可高溫焚毀
胎毒無臭無味
無聲無形

常以「冷水煮青蛙」之計
改變物種的本質
深化毒化後
人性中之良知良能、仁義道德等
全都會去除
其行事之準則
都從私慾和政治利益出發
使人類退化成類人
再退化成人形獸

此毒實無解
三千大世界俱無解藥
唯一是火攻
小規模之戰火不足以滅胎毒
須大規模之三軍武力

瞬間齊發
一日內消滅島內反抗武力
二日之內胎毒全滅
三日大功告成
從此以後地瓜島及龍族之神州大地
風調雨順
國泰民安

若不速滅胎毒
將危害龍族數百年
其毒化擴散並遺傳
將九族不安
九代人也毀了
血緣姻親
相互攻伐

親人都成了仇人
朋友為不同立場皆反目
可見胎毒之可怕
禍害眾生之大
無可形容

地瓜島中了胎毒
全島沈淪
新生代已全部毒化
包含你的子女
阿公阿婆之乖孫
早已毒化變質
代溝不足以形容
可謂是世仇
所有島上眾生都異化

妖女和魔男等異形
統治全島
蔡氏妖女進而勾結西方妖獸
企圖另立乾坤
永久分裂龍族
這是一個胎毒化之漢奸政權
就等龍族大軍來收拾
挽救地瓜島

龍族大軍未到前
中了胎毒之群犬正得意
現在十二生肖中
最得意者
是身含胎毒之犬族
有權力之犬

沒有權力之犬
都可吃香喝辣
其他有願意為狗服務的
也能享受榮華富貴

沒有權力的狗
靠向狗權力核心
也能步步高升
乃至立於邊陲鼓掌叫好
也能得到好處
至少可以
騎在其他物種之上
灑狗尿
其他物種只能忍氣吞聲
無有反抗者
乃至不敢有異議

群狗越來越得意
權力越來越美味
光天化日下
錢一車一車搬走
或向西方妖獸買些破銅爛鐵
新一代地瓜族皆無意見
皆被毒化
這個政權乃成為龍族歷史上
最不倫之狗政權
最不類之漢奸政權、叛亂集團

地瓜島的沈淪，惡果之二：勾結西方妖獸

盤古開天地
劃分眾生生活區

其善類居住東方
惡類居住西方
以利各自覓食
不相侵害
天地間本有善惡
面對惡類
盤古氏不忍滅之
令其在西方自謀生活
善惡分居
亦策安全

後經百千萬年之演化
生物日趨複雜
西方惡類演化出很多妖獸
妖獸日益壯大

後又發展出工業革命
民主政治和資本主義之妖獸制度
此種制度變成妖獸強權
其強大者如美、英、法、德、西、意
澳、紐、荷等
不斷向外擴張
所到之處皆進行大屠殺
美帝之開國者如華盛頓、傑弗遜等
皆以屠殺印第安人，買賣黑人
成就其大事業
這些白人妖獸強權發展過程訂一法則
凡異種與不信基督者
殺、殺、殺！
這就是西方妖獸

東方本是善類居所
神州東方之倭人本受龍族文化影響
可惜日久演化成妖獸
不斷啓動「亡華之戰」
後又「脫亞入歐」
成為西方妖獸之隨從

百餘年前
西方妖獸組成「八獸聯軍」
入侵我龍族之神州大地
燒殺擄掠，搶走無數寶物
那是龍族最弱的時候
任由宰殺
只要西方一隻小小妖獸駕一獨木舟
到龍族附近海域吼一聲

便能得到割地賠款
神州終於淪為次殖民地

龍族終於崛起
西方妖魔充滿著恐懼
牠們重組一支「新八獸聯軍」
計劃制壓龍族的崛起
製造龍族的永久分裂
地瓜島上的妖獸政權是龍族的痛點
島主蔡氏妖女的陰毒性格
及其大奸巨惡集團
正好和西方妖獸相互招感
互有需要
妖女集團不僅出賣龍族利益
更出賣了列祖列宗

出賣了自己的靈肉
最終導致地瓜島兩種終極災難
物種滅絕和島嶼沈沒

地瓜島的沈亡，惡果之三：物種滅絕

地瓜島成為地球演化史上
第一個物種滅絕之島
此非危言
龍族科學家已提出證據（如附）
主因是島主蔡氏妖女
推行同婚政策
同婚者
乃雄的和雄的交配
母的與母的交配

物種滅絕成為
必然和快速
實在是一個簡單的邏輯
當然也有次要因素的配合

人類世界的演化
很早已確立一種自然法則
兩性和諧互助
相互配合、相輔相成
最有利於創造美好的生活模式
可惜地瓜島的漢奸政權
為配合白種妖獸的需要
推行同婚政策
破壞人類正常發展的自然法則
再者，為取悅美帝

引進美帝毒豬肉
又為取悅小倭鬼子
也是報答自己的主人
地瓜島之妖獸多有倭種血緣
引進倭國污染之核食

可憐的地瓜族
長期食用美帝毒豬和倭國核食
竟都默默的認了
那是全中了胎毒
胎毒、豬毒、核食、同婚
四合一之毒化
使雄性生殖能力快速減退
雌性難受孕
病態卵不能孵化

凡此，地瓜島上之陽光、空氣、水
土壤、環境等皆因蔡氏妖女之政策
成了全面毒化之島
快速迎接物種滅絕

地瓜島的沈沒，惡果之四：島嶼沈沒

工業革命、民主政治、資本主義
使熵加速
導致地球第六次大滅絕
此約數百年之進程
惟地瓜島因蔡氏妖女招感惡靈
滿朝巨奸
加以幾乎中了深度胎毒的地瓜族
實在是一切惡業之集合

集合成一股強大的招感勢力
使得地瓜島的沈沒
無比快速
將在數十年內沈入海底
此非危言
龍族科學家已提出證據（如附）

地瓜島是個海島
無綿長的內陸縱深可緩解島內惡靈之衝擊
西方妖獸與島內妖女魔男
對地瓜島進行
內外肢解
地瓜島無路可逃
各區按海平面位置逐一沒入海底

地瓜島週邊各小島
澎湖、金馬、蘭嶼、綠島、小琉球等
最早沈入海底睡大頭覺
大台北地區
會從北投、士林、蘆洲開始沈沒
接著丘陵開始泡海水浴
很快全部沈入海底
屆時桃園地區全不見了

宜蘭沖積扇
從海岸鄉鎮開始淹
三星蔥也淹死了
嘉南平原從西部鄉鎮開始淹
逐漸淹到阿里山脈山腰
大台南高屏地區無一倖免

早已被大海收回
數十年間
雪山、大霸、玉山……等百岳
均無力抵抗大海攻擊
臣伏於大海之裙底
等待百千萬年後
或許又有造山運動
可以重出江海
那已非地瓜島了

正當全島沈沒之際
玉山之頂尖尚有最後掙扎者
標高百餘米
面積約有二千平方米
小小一塊未沈沒之領地

還有三個人
一男子聲稱大漢奸李登輝後人
一女子聲稱曾是島主蔡氏妖女領養之後人
另一男子聲稱大貪官陳阿扁後人
三人宣言
地瓜民主國獨立
獨立之國要有人當總統
經明爭暗鬥
暫由女子任總統
兩個男子為左右副總統
但另一男子不服
已在暗中複製其先祖「兩顆子彈」之計
奪下總統寶座
後將如何不得而知

惟當三人暫時擺平職位問題
小小領地又下沈許多
總面積約剩一千六百平方多米
標高數十米
玉山已快沒頂
只見玉山伸出尖尖的頭
呼吸已感困難
地瓜島沈沒之快
超出眾生之想像

當玉山頂只剩五十公尺露出海面
三人仍盤踞其上
爭執到底誰當總統

印尼總統上周宣布將遷都婆羅洲，以因應全球暖化。氣象達人彭啓明也警告：「2032 年，全球暖化可能會上升 1.5 度，我們只剩下 12 年的時間可以遷都，台灣要趕快行動。」這是危言聳聽還是確有可能？如果台北不復存在，那台灣還有哪些縣市也會浸在海水中呢？

國內各報
人間福報
2019.8.31.

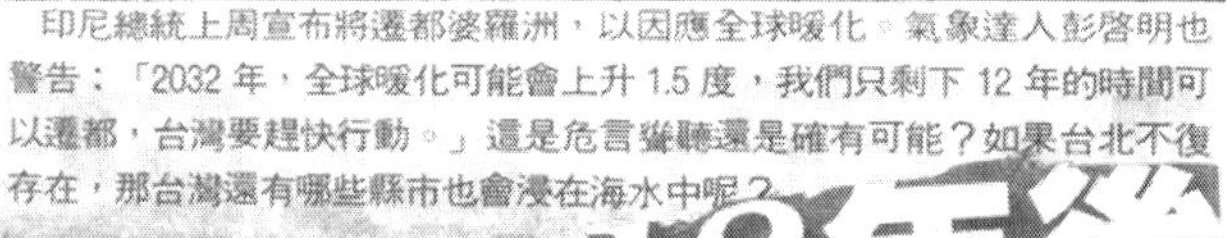

12年後 台北還在嗎？

未來 台灣哪裡先沉海

今年夏天，高緯度冰原、北極冰架、各地冰川及滑雪場，都受到全球氣溫上升影響而快速融解，使得海平面不是注入涓涓溪流式的上漲，而是如水管注水，上升速度快了很多，對大氣與環境的影響也急遽變得嚴重。

地球愈熱、氣候變化愈劇烈，台灣的農業將趨於滅亡。氣候改變，農作時序會大亂，最可能的短期現象是風險期增加，收穫期縮短。這些年來台灣毛毛雨、平原晨霧的日子幾乎不見了，如果山區溫差日漸縮小、山霧不再迷濛，台灣自豪的高山茶將會逐漸消失，未來的農作物也將難以按時收成。

台灣是個海島，沒有綿長的內陸縱深可以緩解氣候變遷的不良影響，氣候災變對台灣的打擊是快速、激烈而且無路可逃。而依據海平面上升探索網（Sea Level Rise Explorer）資料顯示，如果南、北兩極的冰都融化，海水可能上升65公尺。

可以想見，如果溫室效應繼續惡化，不但太平洋島國如諾魯、吐瓦魯、吉里巴斯、帛琉、斐濟等會率先沉入海水中，不用100年，歐洲的荷蘭恐有6成的國土會浸泡在海水中，至於台灣，屆時恐怕只剩下中央山脈還浮在海面上，至於澎湖及金馬、蘭嶼、綠島、小琉球等離島早就沉入水中，就算有些高山露出水面，也只剩下不適合人居的海中礁石。

其中大台北地區平地會從北投、士林、蘆洲開始淹水，接著丘陵開始淹水，到最後整個淹沒，屆時，桃園機場及整個桃園全部不見；宜蘭沖積扇（平原）會從靠海岸的鄉鎮開始淹，最後連三星蔥也淹沒；嘉南平原會從靠西部海岸的鄉鎮開始淹，逐漸淹到阿里山脈山腰；大台南區沿海鄉鎮會早早沒入水中；高屏地區平地也將無一倖免！

台獨有解了，只要幾十年，台灣剩下中央山脈浮在海上，還獨嗎？

雄性動物消失中…

人間福報 2020.3.8. B7

文／潘翠西亞 圖／取自網路

人類世界很早就確立：兩性和諧互動、相輔相成，最有利於人類發展。然而在動物界，由於物競天擇的演化規則，大自然的設計就不得不以絕妙的手法來創造萬物，讓雌性動物站在裁處角色，任由雄性動物透過殘酷的相爭相鬥，供雌性動物最後在勝出者中，找到最佳基因繁衍後代。

雌性主導為生物常態

實際上，在許多物種中，例如獅群、象群、獵豹、蜜蜂、螞蟻、蝗蟲……扮演領導者角色的都是雌性，雄性則降級為次要角色。再如海中的虎鯨、海豚家族，也是圍繞著族群中的雌性運轉的。一個虎鯨家族中的雌性，會帶領後代與牠們共同生活數十年，形成非常穩定的家庭結構。

但也因此，各物種的雄性動物，必須演化出不同的爭取異性青睞及繁殖機會的樣態，不同的物種也演化出不同的擇偶偏好，才能讓每一個物種都能順利繁衍下去。

比如說，雄鳥往往會利用美麗的羽毛、舞蹈、啼聲、餽贈禮物……來吸引雌鳥的注意。雄孔雀愈來愈鮮艷的羽毛，就是為了吸引雌孔雀的注意。相對的，非洲織巢鳥的雌性接近雄性的時候，雄性會故意搖擺自己的巢，表示自己的巢有多麼牢固。如果雌性被打動，就會親自檢查鳥巢，一旦發現不合格，雌鳥就會轉身離去。鳥巢要是受到連續拒絕，那雄鳥就會拆掉重建。

通得過考驗才得繁衍

就是這麼嚴苛的考核和試煉，使得每一種動物衍生出不同的引人風采。例如：獅子除了要有濃密的鬃毛，更要有技高一籌的打鬥能力，來顯示自己的王者風範；至於山羊、鹿、牛、馬、猴子、猩猩……等群體中的雄性動物，除了一些突出的形貌特徵如鬃毛、犄角、羽毛等，更要通過決鬥來確定自己在種群中的地位，以保證更多地交配權，從而產生更加優質的後代。

這也是為什麼，儘管從人類角度看來，雄性動物通常具有更艷麗的色彩或突出的特徵，而雌性動物則通常柔軟而貞樸，但其實雄性是爭取芳心的一方，雌性則以逸代勞，地位高下不言可喻，不能只以人類的角度去觀察和判斷。

科學研究雄性消失中

然而，這些千萬年不變的演化規則，在近年受到極大的挑戰，科學家根據研究，大膽做出一個預測：「雄性動物即將從地球上逐漸消失。」科學家更提出警告：這並不是危言聳聽，而是人類必須正視的一個難題。

動物學家發現，象徵美國立國精神的白頭海鵰，是分布於北美洲阿拉斯加、加拿大美國和墨西哥西北部的一種猛禽，棲息於海洋、湖泊等水域附近的苔原、針葉林或沙漠等環境中。

白頭海鵰以鮭魚、鳥類、爬行動物、昆蟲等為食，也吃動物屍體，築巢於懸崖地面灌木叢或樹林中，每窩產卵1至3枚，孵化期為35天，育雛期為70天至98天，算是食物鏈中相當頂端的物種。

生殖能力因何而消退

然而，現在這種鳥類已經瀕臨滅絕，主要原因就在於雄鳥的生殖能力不斷減退中，受孕機率低、不健康卵難以孵化，加上育雛風險增加、食物取得不易，使得白頭海鵰數量一直處於瀕絕邊緣。

另外，在美國佛羅里達州，科學家曾發現生殖器變異的鱷魚，顯示物種畸形有一定的比例，多少影響物種延續；在非洲，科學家也發現成年雄性花豹，睪丸滯留在腹腔內，這種類似人類隱睪症的狀況，也顯示該動物勢將無法傳宗接代。

至於英國一項調查報告則證實，生活在工廠排放污染河流中的石斑魚，60%發生了嚴重的變性現象。接受調查的雄性石斑魚，受到環境荷爾蒙污染影響，100%出現了雌性化現象，不少雄性石斑魚的生殖器，竟然開始具有排卵功能，並出現了兩性魚。為此，生物學家疾呼，動物世界確實已面臨著雌性化的危機。

各類汙染不利各物種

其實，動物如此，人類的危機也不遑多讓，這可從各國出生率不斷下降，男性生殖系統疾病明顯增加，雌性化的危機比之動物界有過之而無不及可以看出。追查其原因，則是多方面共同造成的，但大多與人類所造成的環境汙染有關，如化學藥劑不當排放、塑化劑及各種激素製劑大量泛濫，隨意放流造成環境及飲水汙染，而人和動物又靠這些水和植物生存，導致體內雌激素不斷增加，從而降低生育率。

此外，動物養殖工業化，也為動物雌性化起了推波助瀾的作用。由於人們為讓動物快速增肥，各養畜牧業在飼料中加入激素和化肥，這對動物和人類形成最大的影響，就是直接造成雄性動物體內的雄性激素退化，加上環境中無所不在的各類洗劑、殺蟲劑、農藥、生長劑……使人類及動物從胚胎期開始就對雄性產生危害，因此不只某一物種，幾乎所有物種都受到程度不一的影響。

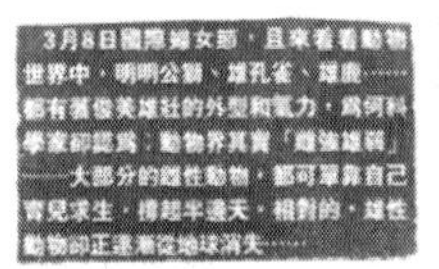
3月8日國際婦女節，且來看看動物世界中，明明公獅、雄孔雀、雄鹿……都有著俊美雄壯的外型和氣力，爲何科學家卻認爲：動物界其實「雌強雄弱」——大部分的雌性動物，都可單靠自己育兒求生，撐起半邊天，相對的，雄性動物卻正逐漸從地球消失……

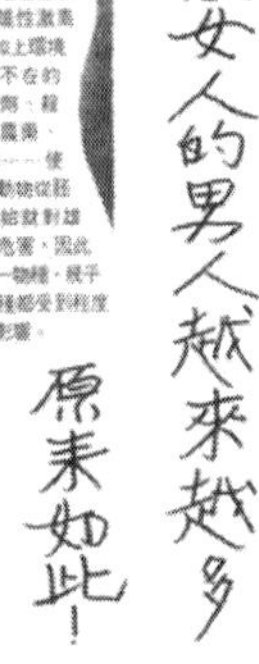

6、小倭鬼子再殖民地瓜島

從龍族衰落說起

龍族在地球上演化
已經歷千百萬億年
早在恐龍時代更早很多
龍族已存在
千百萬年演化過程中
龍族的肉身隨自然法則而生死
肉體之死
轉換另一肉體的新生

而龍之神識基因
並無老死
亦無生滅
乃代代流傳
每一朝代
永恆都是龍的傳人

於是，龍族世代
從遠古而來
至三皇、五帝
堯舜禹
夏商周秦漢三國兩晉南北朝
隋唐五代宋元明清
每當龍體經久用之後
處於死生轉換時

都是龍體最脆弱時刻
每有內部動亂
乃至外敵入侵

滿清之末葉
舊的龍體面臨汰換、作廢之際
新的龍體尚未發育形成
在這脆弱關頭
西方妖獸入侵
東洋小倭鬼子吃了熊心豹子膽
乘機啓動「第二次亡華之戰」
老病纏身的龍族
武功盡失
竟打了敗仗
將地瓜島割讓給小倭鬼子

從此以後
地瓜島慘被殖民數十年
危害龍族百餘年
而最慘的是
地瓜島上男子和女子
他們也都是龍族子民啊

倭鬼殘暴殖民，倭皇是個色魔

小倭鬼子殖民地瓜島
進行殘暴大屠殺
部分原住民
險些絕種
這在很多史書都有記載
我要寫的

是最早史書有記
後被刪除
很多人都不知道
連現在年輕世代的小倭鬼子也不知道
有必要重述
使後人知道真相

倭鬼大頭目自稱「天皇」
實在對「天」最大污辱
頂多就是倭皇
當時倭皇叫裕仁
他是個色魔
後宮三千仍不足
半夜還嫖妓
此外最愛吃美美的地瓜美女

美美又年輕是最愛

許多人不知道
地瓜族看起來土土
土土的自然美
土土的地瓜美女
其最高等級者
閉月羞花地瓜美女
沈魚落雁地瓜美女
回眸一笑地瓜美女
這些都是最高級地瓜
必須從未開封
送到裕仁倭皇之後宮
他每晚要吃一個
他一吃就上癮

採陰補陽
若放假一天要吃好幾個

倭皇有個壞習慣
每個地瓜美女只吃一次
享用過就丟給底下高幹大將享用
東條英機、土肥原賢二
廣田弘毅、松井石根
板垣征四郎、木村兵太郎
武藤章、三本五十六
乃至岡村寧次、各級將領
大家都有得吃
反正地瓜美女多多
次級品地瓜美女亦另有大用

當時小倭鬼子向四方征戰
在地球之東南西北
到處有大量倭鬼軍隊
為數達數百萬
在所有軍營都成立了「慰安婦所」
無數將、校、尉、士、兵
打完了仗都得到獎賞
無數地瓜美女被強制送往各地軍營
進住「慰安婦所」
供軍隊享用
用到不能用
或無人願意享用她已不鮮美的肉
便如破鞋般被丟棄
可憐啊！許多地瓜族美女
死於羞辱

也有極少數勇於抗拒者
或欲保名節者
也不可能有好下場
畢竟一介女子
手無寸鐵
她們也大多被先姦後殺

再說雄性地瓜吧
處理起來簡單多了
數百萬地瓜男子是好用的資源
他們大致分三類
第一類年輕又身強力壯
很適合當砲灰
送往各地戰場第一線

當然啦
他們都是有去無回
他們只是小倭鬼子手上「可用之物」

第二類不分年紀
只要會做工
小倭鬼子佔領地瓜島
目的要向四方擴張
所以島內建設須要大批苦力
至少有百萬苦力
為倭鬼在各處的工廠
日夜趕工
直到生命最後一刻
被當廢物丟棄

第三類是乖乖聽話的狗
給他們一頂叫「皇民」的大帽子
再給他們某種特權
如進出口貿易特權等
他們要為倭皇宣傳
地瓜島上有不少這類家族
其祖上以皇民而發財
至今仍是巨大土財主
更是倭國在地瓜島之代言人
配合後來出現的妖獸政權
向倭人示愛
企圖以內鬼通倭鬼之計
讓倭鬼人再殖民地瓜島
乃至配合西方妖獸
以武拒統

製造龍族永久分裂
這類地瓜為害最大
可能影響達百年以上

嚴格說尚有第四類
他們是勇於反抗的地瓜島原住民
但因武力相差太遠
原住民只有弓劍刀等冷兵器
小倭鬼子有大量現代熱兵器
許多原民部落被大量屠殺
乃至險些滅族者
以上都是小倭鬼子殖民地瓜島之真相

新時代再殖民地瓜島

當年小倭鬼子無條件投降
其主力部隊從地瓜島撤離
留下約十萬倭種
隱其形
化整為零在地瓜島之各角落
秘密繁殖
數十年來其第二、三代
總數上看百萬
牠們血液中流著妖獸倭種
早已在找機會
配合其母國倭人

再殖民地瓜島

另有一股勢力
本質上雖非倭種
甚至他們本是地瓜族
也是龍族之一部
但他們在早期倭人首次殖民地瓜島
便已向倭人效忠
以獲取龐大經濟利益
還有一些是「皇民化」後
改變了體質
也向倭鬼效忠
凡此，他們的二、三代
為數早已不可計
不少已在政經領域取得高位

地瓜島上眾生的體質
逐漸在非自然狀態下
以冷水煮青蛙之策
加速改變中
大漢奸李登輝、大貪官陳阿扁
生物史上最陰毒的蔡氏妖女
妲己之父轉世而來的蘇真娼
都是這種邪惡政策的推手
牠們共同目標是
撤底「去龍族化」
使地瓜島永久脫離神州
母國倭鬼再殖民地瓜島
重新殖民地瓜島時機已到

主客內外環境已成熟
倭鬼的太陽旗
在地瓜島上高高升起
這回牠們將總督府
暫設桃園府城
地瓜島上凡是妖獸執政縣市
其妖獸長官
每月定期到總督府
向掛在牆上的倭皇鬼像行三跪九叩禮
島主蔡氏妖女
少不了公開致賀，宣稱
有一批「地瓜島之寶」
要獻給倭皇致敬
所謂「地瓜島之寶」
就是一批龍族故宮的「鎮宮之寶」

地瓜島之眾生
對於蔡氏妖女作為都沈默以對
無有意見
蓋因全中了深度胎毒

美帝倭鬼製造新冠病毒，禍延地瓜島

美帝名為民主
實為地球演化史上最邪惡之帝國
其邪惡基因始自建國
開國者如華盛頓、傑佛遜等
都對北美印第安人
進行無數次大規模屠殺
也是買賣黑人的大生意人
其財富、土地

均不義取得
美帝史實為一部白人優越侵略史
乃至對異族之大屠殺史
這些異族包含
黑人、伊斯蘭教徒、各洲之原住民、華人等

遠者不述
近現代入侵伊拉克、阿富汗、敘利亞等
指控伊拉克有毀滅性武器
實為控制石油
取一包洗衣粉
指控敘利亞有生化病毒武器
美帝與白人走狗族之惡
罄竹難書

美帝和倭鬼的現在進行式
正利用他們的科學家
在極機密下
製造生物或化學病毒
於鬼神不覺的管道散播神州大地
企圖在龍族之人口集中區
形成大災難
以削弱龍族之戰力
此種邪惡作為已被龍族之情報機構
破獲多次

最近一次美帝和倭鬼共同
散播病毒（後史稱「新冠病毒」）
從龍族之武漢地區擴散
幸好偉大的龍族政府和人民合作

管控得好，未成災難
但病毒散回美帝及其西方妖獸白人國
形成了大災難
真是自作自受
自作孽不可活

可憐的地瓜島上眾生
蔡氏妖女之漢奸政權
不顧島民死活
只顧妖獸政客發財
拒不用龍族之好疫苗
因而地瓜島上確診無數
死亡數百
蔡氏妖女皆不聞不問
不處理，死了活該

此時正有美帝頭目板登之愛狗死了
蔡氏妖女發佈悼念
全球媒體大大黑字刊出
死五百人命不如一狗
其陰毒、邪惡
宇宙中找不到第二者

由於地瓜島上的妖獸政權
配合美帝與西方妖獸
為永久分裂龍族之邪惡企圖
甘為西方走犬
出賣龍族利益
促成小倭鬼子再殖民地瓜島
如今地瓜島子民生活水平
退化回到十八世紀

思想存在石器時代
心理回到山頂洞人時代
而地瓜島
進入全面長期黑暗時代
而神州龍族超前建設
已到二十二世紀超乎想像的
神奇星際水準
地球、月亮、火星
將成為龍族手上之玩物

7、老芋頭的龍族之夢

這個夢做了五千多年了

我的這個夢
做了五千多年了
睡著做
醒了也做
時醒時睡
可夢從未斷過
高興過、失望過、痛苦過、迷茫過
但從未絕望或放棄過

夢見例假日
帶著兒孫到泰山遠足
見證歷代龍族帝王
行走過的腳印
沿途有鳥兒一路同行
夢見孩子都在安全和樂環境中
努力讀書
長大報效龍族
保衛神州大地
外敵不敢入侵

夢見當官的都清廉
真心為國為民
當官也不是發財之路

夢見商人們
不是儒商，就是道商
商人們也有祖國才是
夢見龍族子民都是善類
大家都遵守法律
做誠實的公民
夢見二十一世紀真是龍族的世紀
我們國家富強、繁榮
我們有龍族特色的自由、民主和人權
西方那一套妖獸民主不合龍族使用

夢見神州大地之陽光、空氣、水
乾淨新鮮
神州成為一座花園仙境
都市有鄉村之美

鄉村有都市之便
士農工商等各在其位
夢見男耕女織
神州之土不長同性戀

夢見東洋之倭人列島
發生十五級大地震
瞬間島沈倭亡
從此地球上沒了「大不和民族」
亞洲便永久和平了
四百多年來
因倭人發動戰爭而死的上看億人
靈魂都得到救贖
就都安心去投胎轉世

夢見除了晚上做夢
白天也做白日夢
龍族與俄國、伊朗
去美元化成功
美元霸權瓦解
美帝分裂成多個國家
兩個白人國
三個黑人國
尚有七個軍閥在奮戰中
短期內成恐怖平衡狀態

而我神州大地因土壤基因好
龍族演化成很有智慧的優良物種
雖仍有壞人
幹了壞事，勇於反省改錯

日行一善者多多
行菩薩道者亦多
又夢見，雖有監獄
那是讓人悔罪的教堂
雖有警察，都是人民的媽媽
夢見老人都有所養
無子女者都進住養老院
這裡是快樂的老人國

夢見龍族科學家
在月球和火星建立了大社區
在地球和火星之間
龍族建立了三個轉運站
有快速捷運可以往來
學生寒假到月球

暑假到火星實習遊玩不是夢
最近夢到一個最夯的消息
龍族飛船在太陽系
接近苛依伯帶的地方
終於和外星人碰上了
幾千年來
人族都在找外星人
沒想到外星人和龍族有緣

夢見遊走神州大地

一夜清夢，在江南甦醒
到處走走
同里清水、西塘明月、烏鎮漁火
夢裡周庄、西湖斷橋、婺源村色

宏村桃花源
還有四百五十寺
都在真實中
完美真情相遇
濤聲依舊的鄉村
帆影激起漣漪
我醒了
醒在如夢的江南
夢中一女子
鐵定就是前世的情人

夢見來到一處桃花源
春風告知訊息
有詩會正在舉行
有詩就有酒

在花謝之前趕到
老人家碰到這些年輕的春花
會綻放怎樣的夢境
今年桃花分外靚麗
桃之夭夭
在桃花源遇見一些同道
同樣來自地瓜島
聊過彼此心意
都說我們不是在做夢吧

秦淮河畔是必遊的美景
點點水燈在夢之河漂流
星月是常客
大家靜聽水聲說什麼
空竹、皮影、秧歌……

河上吟咏著歡樂歌聲
今夜春心
多麼婀娜多嬌
秦淮之美
僅在夢境中才全現

夢見自己在
長江黃河間高來高去
無船時
取一葦渡江
或用一片海棠葉渡河
高興的時候
到少林寺後山面壁
找尋達摩聖跡
激動的時候

在五岳天山間飛來飛去
找尋龍族的夢

夢見中歐高鐵、中俄高鐵
通車，我是第一批旅行者
夢見游走南海諸島
東沙、西沙、中沙、南沙等許多小島
快速長大，海上都會與鄉村
也是龍族最強大海上基地
宇宙第一海上花園
夢見地瓜島和大陸間海峽
已被「基建狂魔」填平
只花了五年
多出一萬平方公里土地
兩岸已有高鐵通行

夢見龍族在滿清時代丟失的土地
已全部收回
外蒙已回歸多年了
龍族國土面積不算海洋
就有一千三百萬平方公里
總人口達到二十五億
我的餘生就游走於
這些新收回的領土
依然聞得出龍族先祖特有的基因味道

老芋頭的夢中情人

芋頭雖老了
也仍是一個有情男兒

據聞，每一隻雄鳥
都有一個夢中情人
地瓜島上無聊的日子
怎能沒有情人
曾暗戀地瓜島上第一大美女
林志玲姊姊
把她設訂為唯一夢中情人
想不到她竟嫁給倭鬼
真是傷人心
和去當慰安婦有何差別？

幸好老芋頭有個永恆的夢中情人
那是很久以前故鄉的事
在山東泰山腳下
一個小農家裡

與我青梅竹馬的阿花
她是我心中最美的龍族之女兒
我們私訂終身
我離家時告訴她很快會回來娶她
一輩子永不分離
我們就在泰山腳下
種田、養豬、生孩子
誰知我竟淪落地瓜島
隔絕數十年

初到地瓜島
也有地瓜姑娘願意嫁給我
可最高領導說了，「一年準備
兩年反攻，三年成功」
我心想著很快可以見到阿花

互訴久別的相思
才不要待在地瓜島
誰知道三年又三年
老芋頭老了
忘了多少個三年

不論過了多少時間
就算千年萬年
我的阿花
始終都是我的夢中情人
恆不動搖
我要為她織夢
織一張美美的幸福之夢
在泰山腳下尋一塊美美的淨土
加蓋幾間新房

我們至少生了十個孩子
孩子長大結婚
至少有滿園孫子

我們人多好辦事
可以開墾很多土地
種果樹、養豬、羊、雞、鴨……
我們孩子都懂事孝順
我們老了，在家養老
不住養老院
工作兒孫也可以全部承擔
我和阿花可以壯遊神州
夜夜都做好夢
這是我為我的夢中情人阿花
許下永恆不移的夢想

8、老芋頭的黃昏

與地瓜島沈亡同在

人生多麼的詭異
難解的因果
從未想過自己會成為一個老芋頭
與地瓜島上許多老芋頭
共同見證地瓜島之沈淪
走向沈亡
老芋頭、老芋頭
有個光榮的名號叫「榮民」

地瓜島土話叫老芋仔
蔡氏妖女的妖獸政權
則叫我們米蟲
米蟲就米蟲

我老芋仔修行到這個時候
多少有些境界
米蟲和芋頭都是虛妄之名相
在佛的眼中無差別
說眾生即非眾生
說米蟲即非米蟲
一切有為法
如夢幻泡影
如露亦如電
應作如是觀

所以我坐看黃昏
夕陽西沈
靜看地瓜島之沈沒
如見一朵花落

溫一壺茶

黃昏時
與落花道別
沒有悼念
地瓜島從沈淪到沈沒
也無人道別
無人悼念
那西方妖獸和東洋倭鬼
沈默以對
老芋頭能奈之何

把一切都推給因果
安排好晚年生活
過好黃昏日子
享受晚霞之美
要的不多
應是極簡
偶有陽光一束
或有一朵花可以談心
晨風輕輕撫面
鳥鳴啁啾叫牀
花兒淺淺的笑容
這就是一個老人家幸福的晚年
晚上改喝一杯小酒

不看名嘴鬼扯
吐出的全是胎毒
蔡氏妖女的影子也不要看
光看影子也會死人
她的陰毒
可穿透電波和空氣
只看酒杯
與花談心
迎來的是清涼明月

舉一小杯
與花月對談
半片月光灑在床前
半片在心
更多在花前月下晃蕩成湖

星星魅惑的眼
要與花月爭寵
哈哈，有這麼多的知音
都來聽我講述
一個老芋頭千百年轉世的故事
這一世真是值得了

時光多麼公平
他摧著地瓜島一步步沈亡
摧著蔡氏妖女被地獄回收
同時摧人老死
時光摧我
我摧時光
在時光的湖面擺渡我的舟
讀書、寫作、創詩、彈琴、夢遊神州

與花談心、對牛彈琴
一盞清茶、一壺酒
兩個知友
悠然看神州大軍就要武統地瓜島
國泰民安、風調雨順

許多老芋仔的許多鄉愁

老人家們
遠望故鄉的夕陽
門前悵望
久遠的童年
依稀如同現在
喝采已難以記憶
所有的感動和孤獨

化成夢中一段歸途
那一頭
親情仍在

故鄉唯一的小廟
有兒時憧憬
廟前小小的市集
神明的生日
都是青梅竹馬的記憶
千里眼和順風耳
看著我們
躲貓貓
廟門上的神顯得很親切

當故鄉已縮小成為一個點

夢亦如幻
歲月越來越重
只有片刻回憶輕盈
那早年的豐功偉業
也輕如牛毛
只有一杯茶能留住逝去的歲月
從童年到古稀
從故鄉到異鄉
從地瓜島的復興
到地瓜島的沈亡

芋頭雖老
仍記得泰山旭日昇起的斑斕
山下黃昏多麼溫柔
時光的身影

在虛空中示現
落在地瓜島未沈的一角落
人老思想不老
我思　我在
世界不屬於我
歷史屬於歷史
我只屬於我
在未到轉世之前
鄉愁亦屬於我

回顧壯遊神州
長江黃河仍在我老芋頭心中
湍湍奔流
永恆不息流向三世
流成心靈永恆的鄉愁

高山平原、城鎮鄉村
都是神級風景
難怪古稱神州山河
我們是三皇五帝的子民

片片斷斷的思緒
一半隨風飄走
有些又沈入心海底層
或不知所踪
為使一切過眼的風景
永不消失
也不隨地瓜島之沈亡而逝
我捕捉化為史記
存放在神州大地圖書館
那是鄉愁化成的天命

把老骨頭再用一次吧
去壯遊故里神州
先化成一陣風
擁抱西北大草原
鷹笛揚起
白雲也優雅同行
羊群在陽光下
快樂覓食

一路向北飛行
到漠河北極村
正有炊煙裊裊升起
絢爛的夜晚
極目北望

望見那丟失的百萬平方公里土地
也該收回了
我側耳傾聽
沉寂了的大地有話要說
就以心傳心
講說一段龍族的天命

生命這部列車
每一世都是一張單程票
大家有去無回
或許就在今夜
鄉愁只走到半路
你已取得一張人生的畢業證書
另一張極樂世界的簽證
同時頒來

成為亂世中的隱者

在地瓜島上當一個隱者
很不容易
需要下功夫
才能有境界
因為地瓜島的末世
胎毒如惡水到處潑灑
妖女魔男
在你四週造孽
你必須從眼耳鼻舌身意各方面修行
才能成為真隱者

關閉視覺

不能看的都不看
眼不見才淨
變種同志
妖女死漢奸
不看不存在
經此淘汰
眼睛工作量大大減少
你只看風花雪月
看有情有義的人
會比看蔡氏妖女李漢奸
身心靈乾淨多了

關閉聽覺
那些名嘴的水聲
蔡妖女私通西方妖獸的淫聲

俱關於門外
六根清淨
那些年輕世代的胎毒之音
全部杜絕
聽你所愛
聽童言童語
祖國的呼喚
比聽地瓜島偽政權的喪歌
身心靈乾淨多了

關閉嗅覺
將魑魅魍魎
妖女魔男同志
杜絕於太陽系之外
那些胎毒

用戰火的高溫
全部燒燼
便在你隱居的世界
呈現一片淨土
你在其中拈花微笑
這輩子值得

關閉味覺
吃是本有的欲望
若吃上了癮
吃山吃海
吃人吃錢
吃人民血肉
這是不行
和妖女魔男有何差別

要遠離胎毒腥臊
品大自然美味
鮮綠青草味
新鮮空氣味
千萬別好奇嘗試胎毒味
一嚐成千古恨

關閉觸覺
想要當個平靜的隱者
很多是不能碰觸
妖女、魔男、地瓜島偽政權
西方妖獸、東洋倭鬼
凡此其惡毒無比
只能遠離或燒滅之
不能碰觸

不要不信邪
說要以毒攻毒
當一下漢奸、走狗、妖獸
一碰就成千古恨
遠離邪惡
身心靈不修而自淨

佛告須菩提
法尚應捨
何況非法
這就是我們說的心
不著於一切法
不住一切相
才能自在

芋頭老了
很多要放下
不要天天罵
妖女漢奸
貪官走狗
地瓜島偽政權
這些糞尿
放逐之
不思不想、不言不碰
俱不存在
隱居的日子才會慢活快樂
清淨自在

寫給遠方的父親

老芋頭在地瓜島上過著隱者的日子
可以不思不想一切
不思念夢中情人
但不能不想著父母

不敢寫到離家的那天
你送我到村口
我們好像怕出聲
怕說出什麼真相
相對無言
好似有什麼不能說的預言

回想小時候
你每天有幹不完的農忙
我年輕不懂事
你不曾有過苛責
日子總在平靜中依四季走
直到小倭鬼子來了
一切都亂了
亂到讓我流亡地瓜島

現在回想離家時你是多麼年輕
而如今，我已超過你那時的年紀很多
今是何年何月
都是虛妄
恨不得
有一杯濁酒

與你對飲
我們一輩子父子竟沒有機會喝一杯
地瓜島的黃昏不多了
想起此生無緣再見
淚水盈睫

其實我已做好準備
定要去找你和媽媽
只是不知道
你們轉世之後去了哪一個世界
你們一生行善
想必就在西方極樂世界
那裡可有地址？

寫給遠方的母親

什麼樣的顏色
可以形容你
什麼樣的形狀可以摹繪你
世間的文字都不夠用
母親，大地很早收納了你
你平靜睡在大地
一如平常

母親，我要喊你
以春天的聲音
青草悄悄長大的聲音
用一柱香的靈氣

用老家的一陣炊烟喊你

母親，你是信菩薩的
你現在一定跟著菩薩在清修
我這樣喊你
會不會吵到你
這麼老了
還要纏著媽媽
真是受不了我自己
沒辦法
就是想媽媽
用真情可以感動三界
這是真的

也許最近老想父母

真的就連續兩個夜晚
二老來到我夢中
我佛慈悲啊
芋頭就要老死地瓜島
還能與父母一見
這地瓜島的黃昏
也就別無他事了

9、芋頭之天命，在喚醒龍族滅倭之天命

倭國啟動「第四次亡華之戰」準備

芋頭在千百年流傳轉世過程中
有一覺識隨轉世而存在
或許這就是所謂
萬般帶不走，只有業相隨
此一覺識
便是喚醒龍族滅倭之天命

乃我老芋頭
生生世世之天命
東洋小倭鬼子經
第一、二、三次「亡華之戰」
均未能全面消滅我龍族
小倭鬼子豈能作罷

二戰後雖無條件投降
經休養生息
已再次啓動「第四次亡華之戰」準備
倭人磨刀霍霍
正在找尋龍族弱點
先將龍族肢解成七大塊
再一塊一塊吃掉
而許多龍族

仍在醉生夢死中
凡我龍族子民
大家醒醒
看倭人怎麼準備第四次亡華之戰

以瞞天過海之策
再軍事化，高層策動
民間工商界進行
「產軍一體化」之建構四大重點
強化海上力量
充實空中作戰能力
武器裝備國產化
建立琉球獨立作戰能力
（注意，琉球仍是龍族領土）

三菱就是三軍
產軍一家親
產業人也是隱形軍人
核武原料藏於民間
化整為零藏於無形
鈾元素提煉廠就在三菱
隨時可以組裝核彈
所要時間
約等同滷一鍋「滷蛋」

四百多年來
倭國高層不斷給人民洗腦
世上最好的蘋果在神州
最好的玩具在神州
最好的土壤在神州

要消滅龍族
佔領神州
是大倭民族歷史任務
第四次亡華之戰
只許成功
沒有失敗
成功佔領是唯一的路

消滅龍族、征服亞洲之大戰略步驟

欲亡龍族
先分裂削弱龍族戰力
地瓜島在蔡氏統治下
她與倭國同心
故能以內神通外鬼之計

將地瓜島
從神州大地分裂出來
今之地瓜島
已如同倭國之附屬
蔡氏與有功焉
同性戀首相菅義偉已上呈倭皇
特准蔡氏擇期
來與倭皇雙修
同時研究分裂龍族之大戰略計劃

更早時
蔡氏為取悅倭人高層
送一批地瓜美女
與安倍晉三、麻生太郎
菅直人、河野太郎等

倭鬼雙修
如今她親自上陣
顯見其忠誠度

控制地瓜島
只是分裂龍族第一步
下一步
在利用美帝的政治軍事力量
在西藏、新疆、香港
作文章
沒有文章便創作文章
不擇手段、人造原因
擴大龍族內部矛盾
加速其內部分裂

龍族有數十個少數民族
漢族絕對多數
形成漢族長期統治
這是作文章的好地方
設法離間少數民族
策動少數民族獨立建國
使神州大地
重回戰國時代
待時機成熟
大倭皇軍一舉發動第四次亡華之戰
三月亡華不是夢

滅亡龍族
佔領神州全部土地
建立大倭帝國

須再擴張
從歐亞大陸到中南半島
所有各種族
都是劣等民族
只有大倭民族是優等生
要消滅這些民族的劣根性
由大倭民族
統治歐亞大陸
進而征服整個世界
很快可以實現

「天」睜開了眼睛，「三一一天譴」

天睜開了眼睛
老天真有眼

啓動天譴
進行「三一一天譴」天責
不須人們替天行道
一個小小天譴之緒言
說出可怕的真相
天揭開了真相

三一一揭開
倭人核電廠之極機密
鈾和氧混合燃燒
「廢料」是寶
儲存起來
必要時用來提煉純鈾
假「和平核能」之計
儲存製造核彈之原料

倭人小島僅三十七萬平方公里
卻有五十七個核電站
共有三百多反應爐
約一個小縣配一個反應爐
不用風力水力
卻大量建核電廠
這真是倭人版的
大司馬昭之心

三一一天譴
天揭開了真相
尚有秘密需要公開
數千核彈原料存放何處？
安全否？

核電廠內尚有不可告人之事
積存的核廢料放哪裡？
給人民一個交待
給世界一個交待

龍族之天命，在完全消滅倭國

倭人必滅
必令其亡國亡種亡族
列島沈亡
彰顯宇內之公平、正義、人權與因果
倭人發動三次亡華之戰
各方死傷上看數億
直接間接而死者
超過一億

以現在倭國總人數賠命
只能說剛剛好
若不令其全部沈亡
世間公平正義何在？
因果豈不妄言！

倭國遲早必亡
亡於三種方式
第一種天譴
倭人列島為地球上最危險地震帶
在這種地方發展出物種
本有天譴之意
加以目前列島東側
太平洋海底已被天所挖空
天又令馬尼亞納海溝

加速向北裂開
已裂至倭島下
倭人最大之恐懼
乃任何時間
也許今夜
整個列島沈沒海底
從此地球上沒了「大不和民族」
感謝天啊

第二種亡於人譴
人替天行道
於倭人發動第四次亡華之戰中
龍族以傳統炸彈
轟炸富士山
引爆富士山火山

同樣可以導致滅倭效果
（二戰時美日研究
如何終戰？
蘇聯計劃在富士山投炸彈
令其亡種亡族亡國
永久解決問題
惟慢了一步
美帝先用原子彈解決問題）

第三種滅倭方式
是廿一世紀龍族之天命
喚醒龍族這個天命
乃我老芋頭
此生最重要之天命
龍族應在本世紀中葉前

某適當時機
於午夜前後三小時內
以迅雷不及掩耳之勢
對倭國列島
約在北海道、東京、大叛、本州地區
各投一顆核彈
最多五顆
天亮時已大功告成

國際頂多說幾句外交辭令大罵街
能奈我何！
此後，應將倭人列島
改設龍族扶桑省
這不過是龍族元朝未完之使命
為亞洲、為世界

解決大患
從此亞洲亦永久和平
男人不擔心被倭鬼抓去
送南洋當砲灰
女人晚上可以安心睡
不擔心被倭鬼抓去
當慰安婦
地瓜島也有救了

救救地瓜島

救救地瓜島
島上子民現在人命不如狗命
新冠病毒到了地瓜島
進化成妖女病毒

確診無數
天天死一堆人
蔡氏妖女身為地瓜島主
不聞不問
不理不睬
不處理
時有美帝頭目板登愛犬死了
蔡氏即發悼文
地瓜島上千萬人命
不如狗命
這妖女是何樣心態？

救救地瓜島
島上子民皆中胎毒害
似已非人類社會

面對妖女魔男
騎在人民頭上灑尿
百分之九十九年輕世代
皆無感
皆默默認同
認同地瓜島之腐敗沈淪
只有一些老芋頭
在吶喊
已喊不出聲的抗議

救救地瓜島
島上子民已受控於西方妖獸和東洋倭鬼
這是長期冷水煮青蛙
中了妖獸胎毒的結果
這後患無窮
若任其擴散毒害

將對所有龍族子民都不利
甚至禍害數百年
龍族大軍應斷然處理
搶救地瓜島

怎樣救地瓜島
世上其實不存在自願性和平統一
武力、政治、經濟、文化、心理
五者齊出才是王道
試想，地瓜島若繁榮強大
誰願意統一？
令其貪污、腐敗、貧窮、落後
人民日子過不下去
這便是統一時機
簡單的道理
世界進化史

每一頁都有如山之鐵證

喚醒龍族領導階層
領悟這簡易真理
儘快收回地瓜島
完成龍族大一統
實現龍族夢
這是我老芋頭此生第二天命
第一天命是喚醒龍族滅倭
我了知天命
亦廣為宣揚
我將天命留在龍族子民子孫心上
便可以放心、放下
隨業轉世

10、宇宙洪荒、隨業流轉

轉世，化成一朵蓮花

今天，就在今天的午夜
要凋零、已凋零
落向天地
靜靜的躺著
受重力制約
另一個不受重力制約的我
輕輕飄起
目視下面的自己

沒說再見
就飄然而去

宇宙洪荒
三界流轉
在虛空中找尋方向
經過一段中陰
前段黑暗
只能隨一陣風向前飄
不能展翅
無有思維
死已死過，而生未到
又前行看見有光
是否到了轉世的關口
一切都不得而知

啊！轉世成一朵蓮花
好美妙！
好喜歡！
不管長在什麼環境
不論活在那個年代
就算南北朝的黑暗時代
或如地瓜島胎毒四溢
還是保有一身
純靜
要把這個好種子
生生世世留著
留在覺識基因裡
難以置信

不可全解
吾等凡夫不能全知
何樣的福份
才化成一朵蓮花
千百年流轉
原來都有蓮花的心性
紅塵太亂
你給我靜心
世界太黑
你給我光明

化成一朵蓮
我就是愛蓮
蓮的語言，我懂
我的語言，蓮懂

蓮我合一
寄情山水
解放所有神識
把身放下
只帶心靈壯遊三界
進出二十八重天
當一個宇宙有史以來最
偉大的旅行家

時間是合法的殺手
遲早殺掉一切
包含蓮與宇宙
但總能留住純潔的歡笑
別管地不久天不長
有一世便有生生世世

再轉世
還是帶著蓮識蓮心
你的本質
依然是一朵蓮花

蓮花以禪音
傳達宇宙真理
不論你在哪一星系
隱約可以耳聞
又以拈花微笑
為眾生
無情說法
眾生都得到啓蒙

化成一朵蓮花

進出無盡的時空
世界的大海和高山交替著生滅
花開花謝也無常
只有蓮花的覺識
可以永恆

業海、因緣、無常

是誰播下一粒種子？
誰灑下陽光？
誰澆以春水？
誰給他新鮮空氣？
誰供給了土壤？
在適當的時機
發芽、成長、老去

誰是導演？

啊，奇妙的人生
人人在業之大海裡
追逐浪濤
或浪濤推逐著你
滾滾愛恨情仇
以及功名利祿
最終如雲
風一吹散了
這是誰在背後指使
其中必有因
才有如是果
不然就向眾生說法
說是無常

啊，詭異的歷史
你看！那妲己、趙高
秦檜、和珅……
為何同時轉世到了地瓜島
在地瓜島掀風做浪
製造災難
黑雲罩住全島
風一吹
百年亦不散
這是誰在背後指使？
其中必有因
才有如是果
或難道是無常？

怎樣可以理解這個世界
望出去到處是問號
問號建構的官府
府裡全是問號在冒泡
問號在街上暴動
七大洲五大洋
佈滿問題
導致你的五官內臟
全是問號
沒有一個問號有正確合理的解答
何者是因？
何者是果？
難道是無常？
是誰造了無常的業？

做好了準備
準備前往下一站
是這輩子最特別的站
怎樣特別？
因為通往下一站沒車沒船沒飛機
太空飛船也沒有
不能預約、不能訂票
但確實有一種交通工具
它無形無色、無大無小
名叫「業」的船
每個人自己就是造船廠
用一生建造「業之船」
時間到
隨業之船而去

這艘業之船
乘起來頂舒適
像宇宙飛船
人在船上時睡時醒
通往下一站可能距離很遠
佛陀說過
由是西去
過十萬億佛土
可能已經離開太陽系了
不急著趕路
偶爾探頭看窗外
深空裡一片黑
現實呼呼後退
通往新生的路
無論如何

帶著歡喜心

乘業之船
順便先到西方極樂國觀光
那裡是阿彌陀佛的國土
其國眾生，無有眾苦
但受諸樂，故名極樂
極樂國土，有七寶池
八功德水，充滿其中
……
路邊的行樹、眾鳥
自然皆生念佛念法念僧之心
如此莊嚴美妙之極樂國
讓人哪裡也不想去了
回地球做人也不要

禮讚生命、讚頌死亡

死亡
是世界上最偉大的發明
最有意義、最有價值
無尚尊貴的發明
因為有死亡
讓人人可以有品質的生活
可以幸福美滿
福壽雙全
可以福慧雙修
成聖成佛
因為死亡的存在
眾生才能代代綿衍

因為眾生必死
世界才能永續經營
不然
地球早已垮了
啊，死亡
讓地球不要承擔太重
更推遲了
地球第六次大滅絕
啊，我們有死亡
讓生命成熟
更讓生命偉大神聖

生命短暫如一顆露珠
晶瑩一生

剔透而去
如夢如幻的過程
或許有一陣風
將夢掃落
或陽光太熱使你太快變老
世間總是無常
碰到的時候
都要放下
放下一切
曾經擁有
沒有天長地久

生命必有所追求
先求生存，次求發展
越來越富有

你不可能擁有全部
而且所有的擁有
都是暫時的
包含自己的身體
有一天
當生命成熟時
你將全部一次歸還這個世界
只一個叫「業」的好友
隨行轉世

在現實的世界裡
生命沒有圓滿這回事
許多不足、欠缺、眾苦、孤獨
大小災難或意外
是一定有的

一輩子被霸凌次數
絕不會少於一
你所碰到的人不可能全是好人
甚至你自己在別人心中
也不是好人
甚至是大壞蛋
因為他向你借錢你不借
凡此，都得自己承擔
自己調適，別人全幫不上忙

如果你對生命真有領悟
就有助於成熟
有機會較接近圓滿
若你沒有領悟
很可能就去跳太平洋

這很可惜
生命未成熟
而身先死
如果世界上真有圓滿這回事
便是真善美和假醜惡合起來
才是這世界的圓滿

未來的未來，大未來

那是很久以後的事了
我在那裡
那時的我是誰
肉體站成一截枯木
就算站三千年
也化成灰

只有覺識在漂流
找尋轉世的窗口
執念在虛空中
探測溫度
看哪裡有生物現象

或許再回來時
不久的大未來
地球第六次大滅絕已過
所以探測不到生物現象
或者那時生物
沒有溫度
需要靠太陽才能暖身
這樣也好
大未來的世界

生物不需要能源
沒想到科技進步之神速
一日千里
何況隔世再來

時間是什麼
無人可以定義
甚至愛因斯坦也說
人們所見時間和物質
都是假相
釋迦摩尼佛說的更徹底
三千大世界都是假相
佛法也不是真的
現在過去未來又是什麼
大未來就是當下

三世都是現世
這樣就太叫人滿意了

死了也沒死
告別式不用辦了
生了也沒生
慶生會可以停辦
大家都好好活
有吃有喝
可以自由選擇居住地
在大未來
地瓜島沈沒了
我選住神州漠河北極村
曾有一世
我和累世情人曾到漠河一遊

我們的夢仍在那兒

大未來
當我轉世再來時
首要檢視一事
龍族滅倭之天命
是否已經實踐完成？
若邪惡之倭人倭國仍在
便是龍族未醒
我將持續進行我的天命天職
喚醒龍族認清天命
儘早消滅倭人倭國
使「大不和民族」
從地球消失

大未來尚有什麼重要記下
雖然可能是幾千年後的事
地球第六次大滅絕已過
時間空間也不在
我仍覺得
要把事情清楚記錄下來
不然怎麼叫史記
這是身為史官的執著
史官是寫實主義
非寫意主義

大未來希望記下的事很多
有一件不能忘
紂王、妲己、趙高、秦檜等奸惡
別投胎神州了

去西方八獸之國吧
那裡妖獸多
三界之法
總是惡與惡有感應
善與善感應
還有地瓜島上妖女魔男同志也不見了
神州早已大一統
龍族夢已實現

以上諸種
是老芋頭對大未來的期待
記下留於歷史時空為證